COLLECTION FOLIO

Sempé
Un léger décalage

Denoël

Certains dessins de l'édition en grand format de
Un léger décalage de Sempé ne figurent pas dans cette présente
édition à cause de l'impossibilité de les réduire.

© *Éditions Denoël et Sempé, 1977.*

– C'est très bon ce que vous faites, mais elle est très mal placée votre galerie.

— Je serai bref; je n'ai rien à ajouter à ce que j'ai dit hier soir à la télévision.

– En fait, ce qu'on vous reproche, en ce moment, c'est de ne plus être assez créatif...

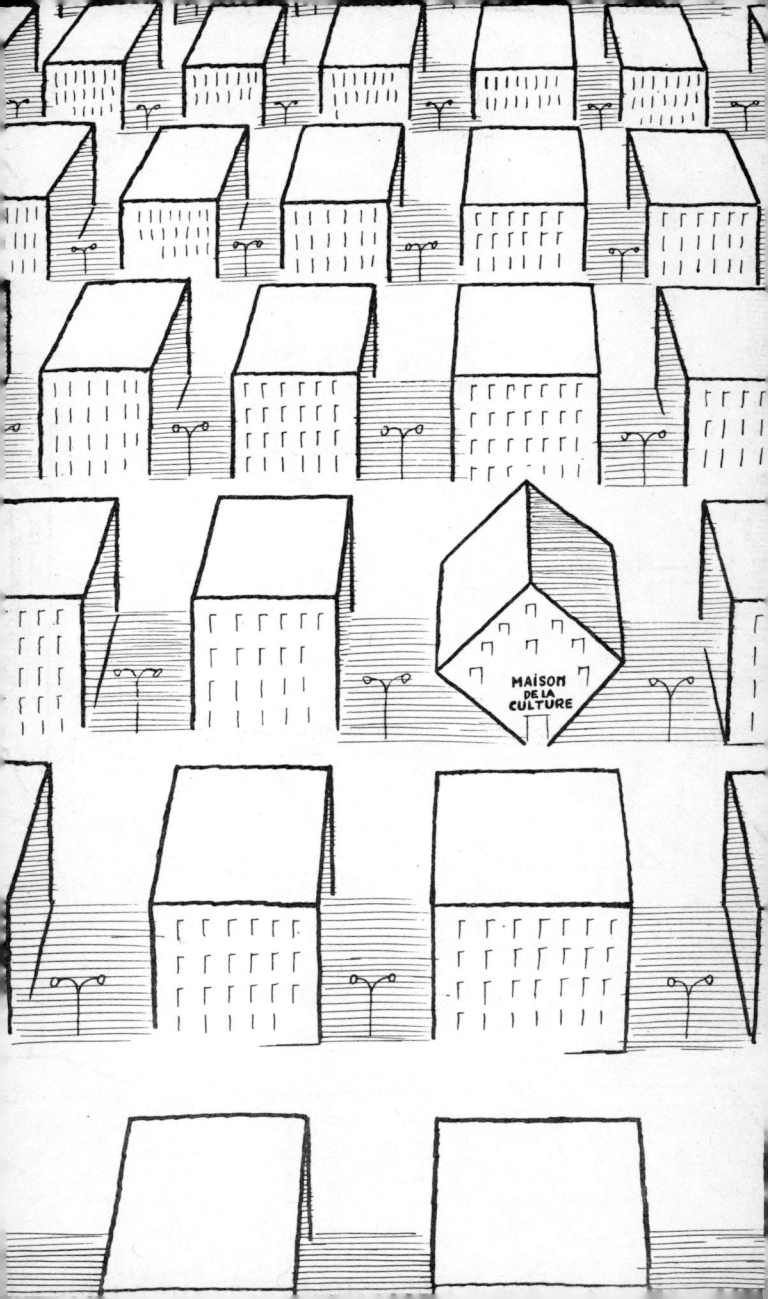

– C'est une longue méditation sur la vie, la mort, la vanité de toutes choses ici-bas, qu'il faudrait publier à la rentrée. Pour les Prix.

— Tu saurais de qui on parle en ce moment pour le Goncourt, tu rigolerais !...

– Ce qui m'arrangerait, c'est que fonde brusquement sur moi ce fameux charme irrésistible de l'homme de quarante ans.

- *Je voudrais hurler et je couine.*
  Je voudrais mordre et je lèche.
  Je voudrais déchirer et je caresse.
  Par contre,
  Je voudrais marcher et je galope tout le temps...

– Colette, veux-tu écouter un instant mon rire énorme, Nietzschéen?

— *Je vais prendre des leçons de chant.*

— *Et quelques-uns, il les a réalisés sous l'emprise de la drogue!...*

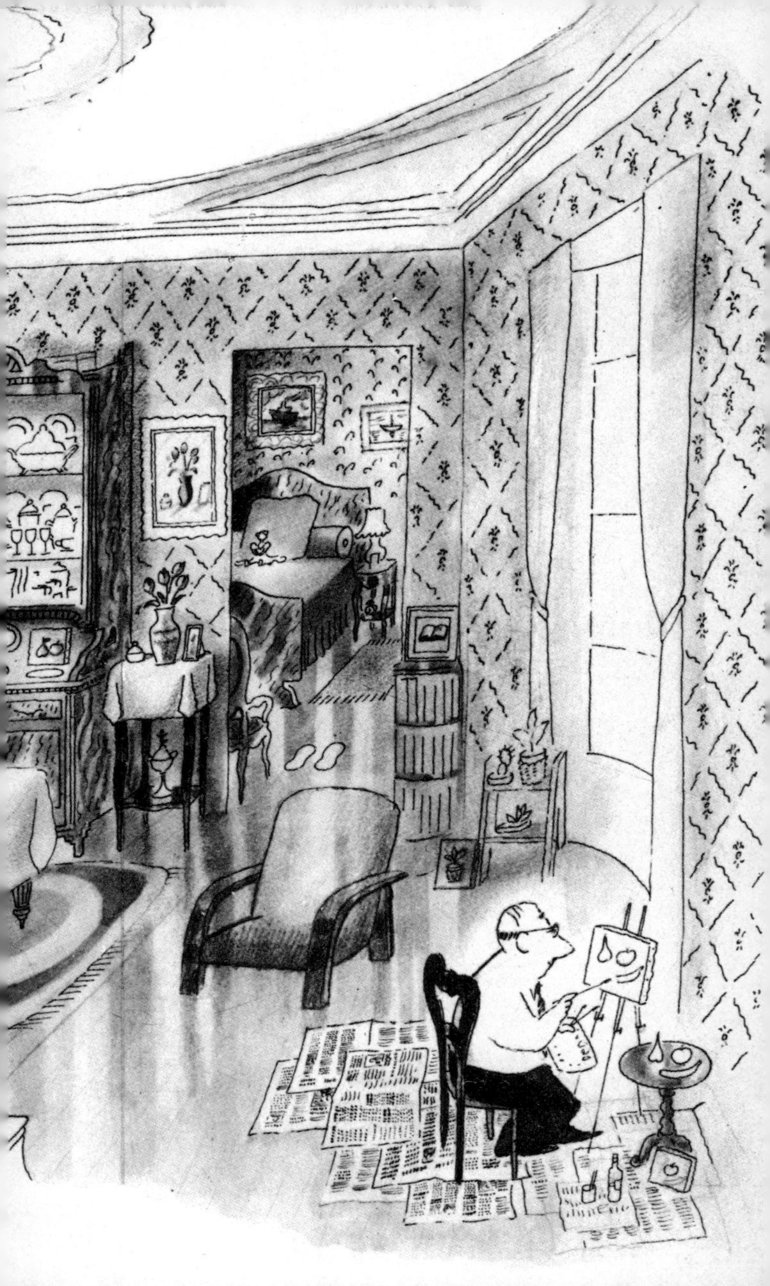

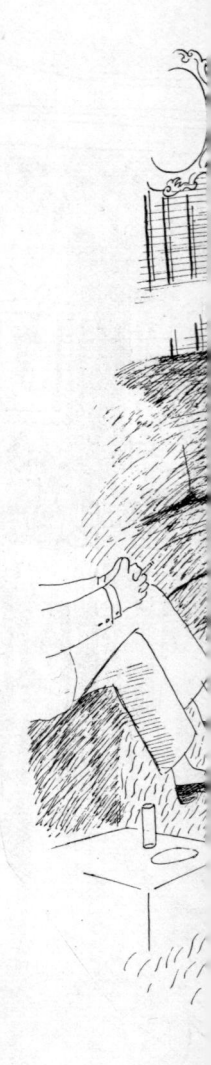

— Il n'y a pas de miracle ; les résultats encourageants obtenus ce dernier semestre dans notre programme d'implantation sociale (compte tenu de la fourchette de possibilités de départ) sont dus essentiellement au fait que notre mariage offre la garantie de fiabilité d'un produit net, fini, opérationnel.

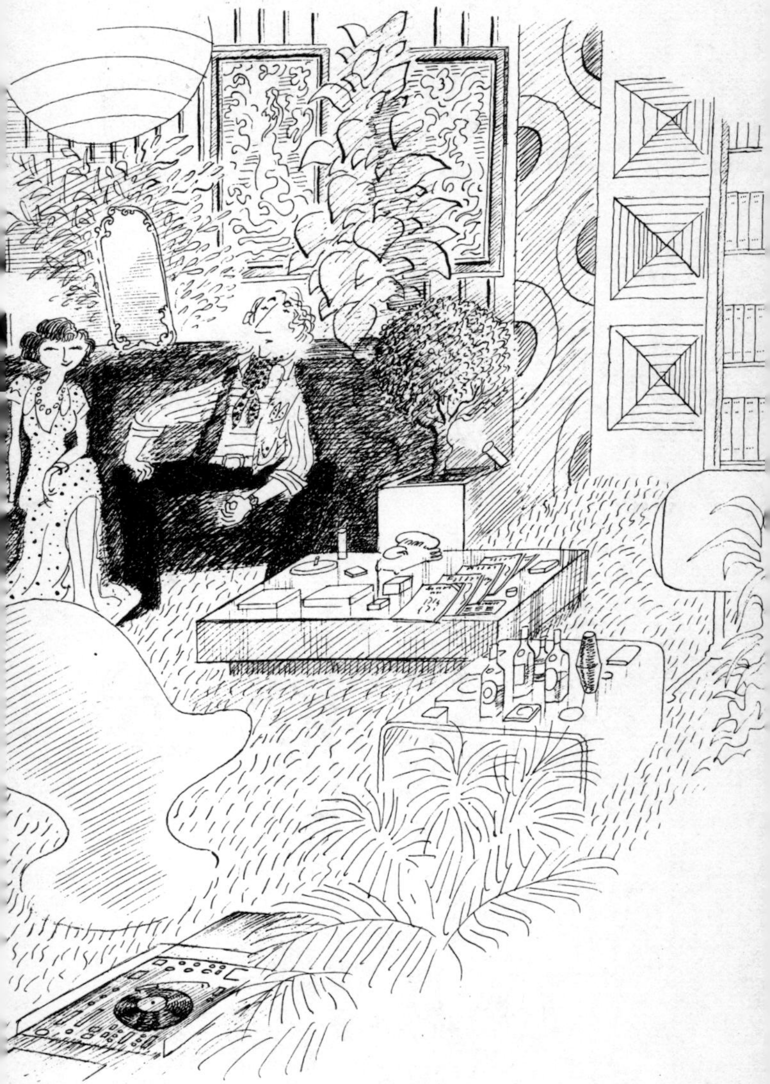

42

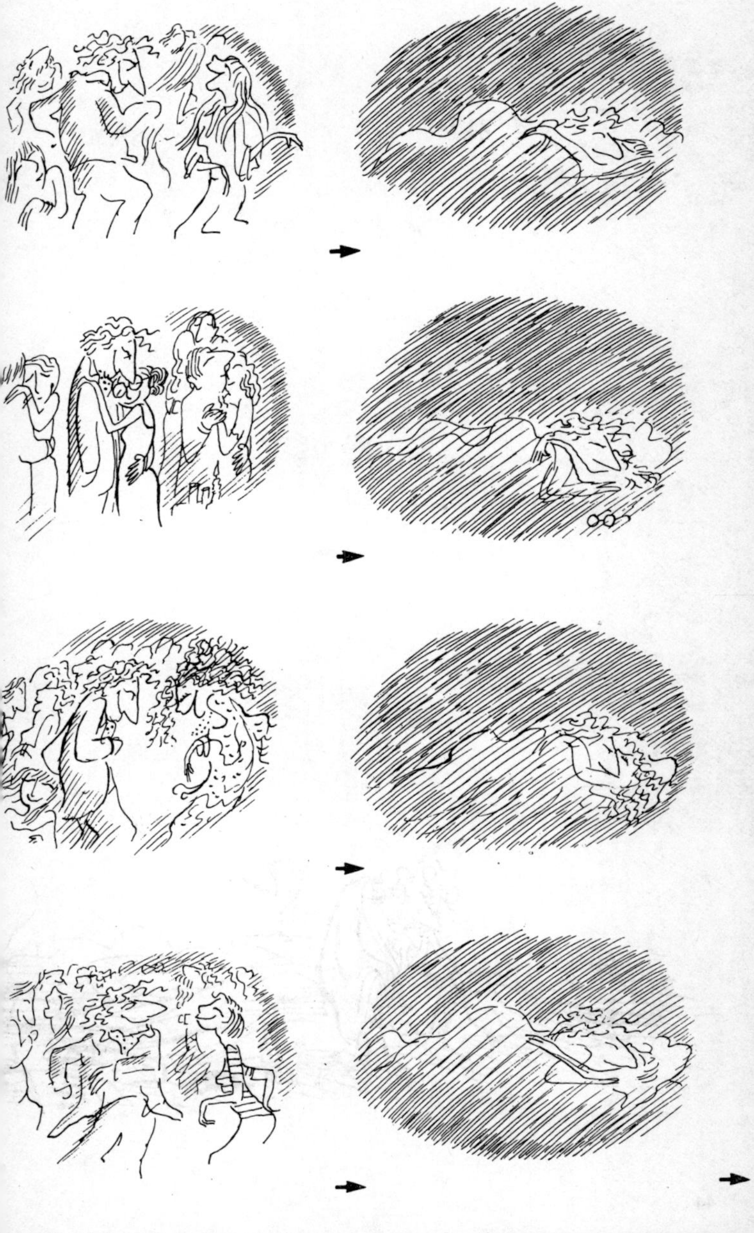

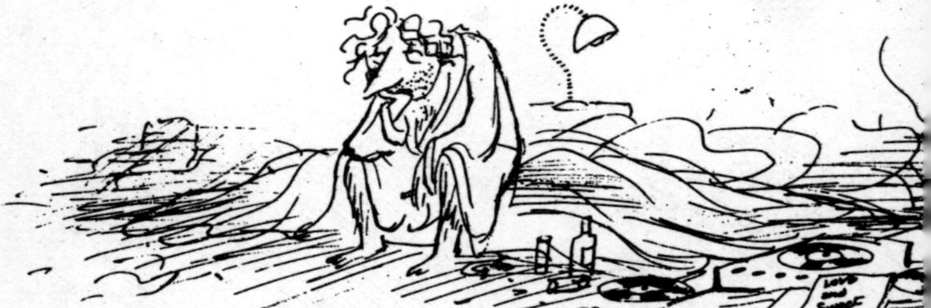
Love
and
Sweet

45

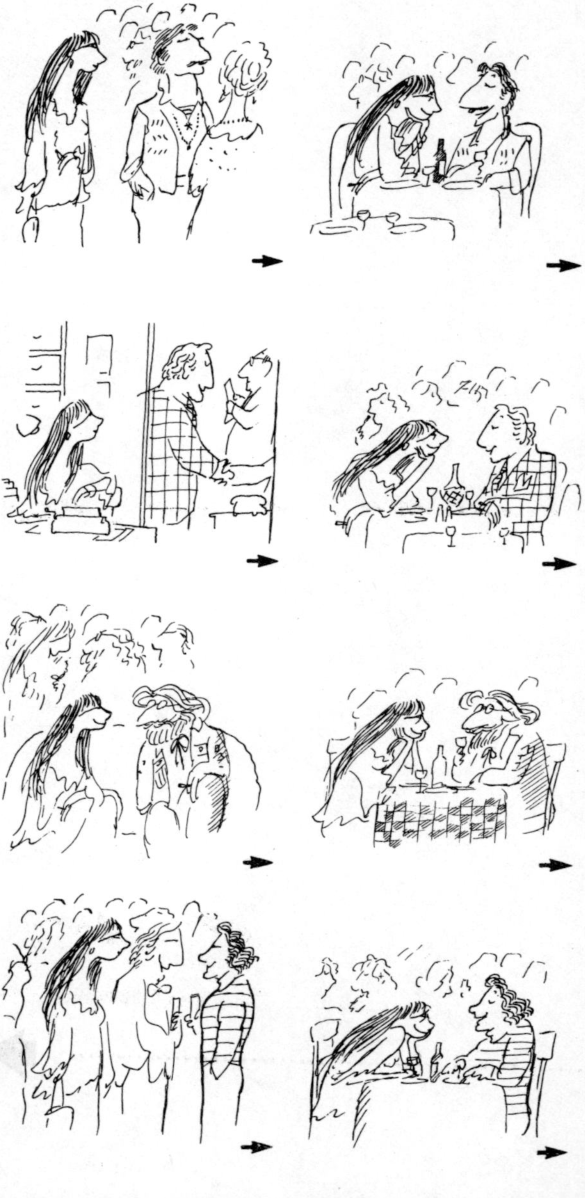

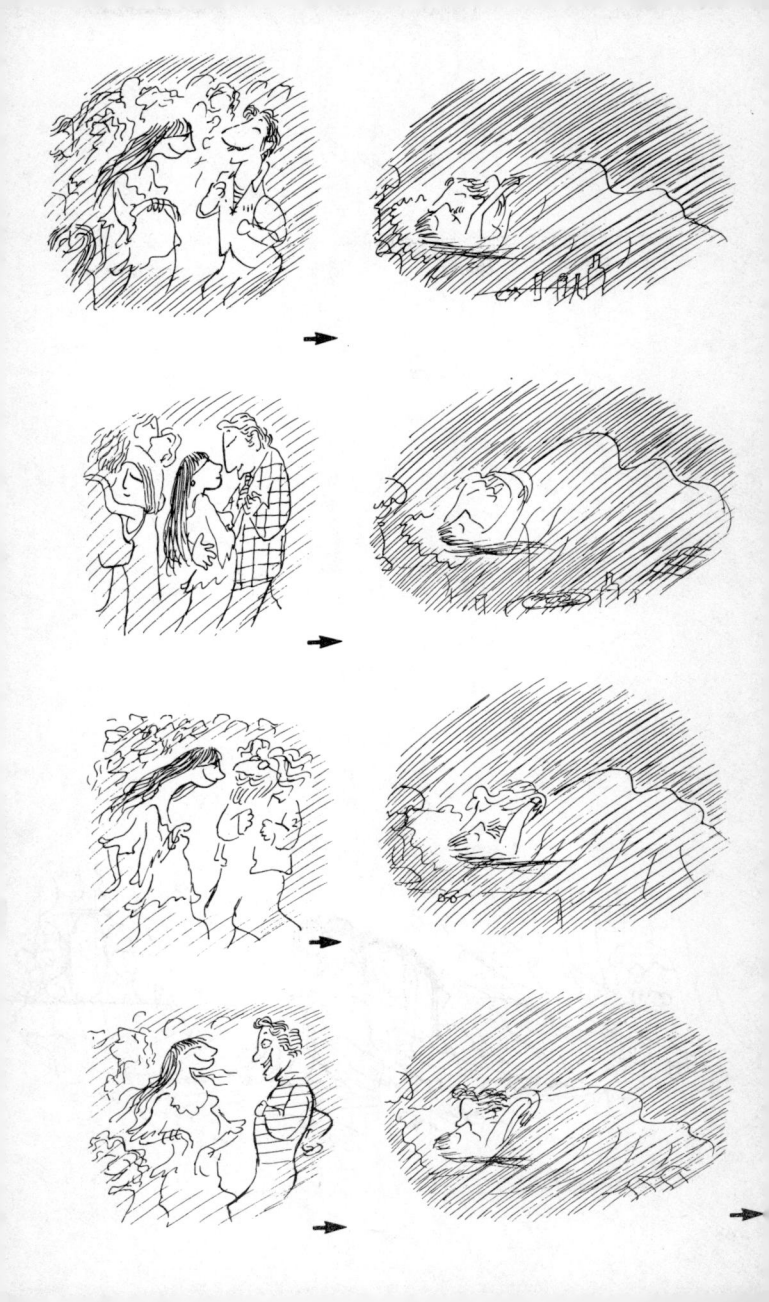

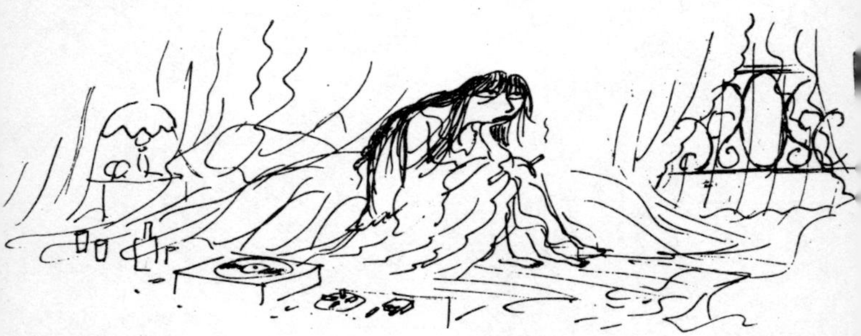

....

....

....

....   ➜

51

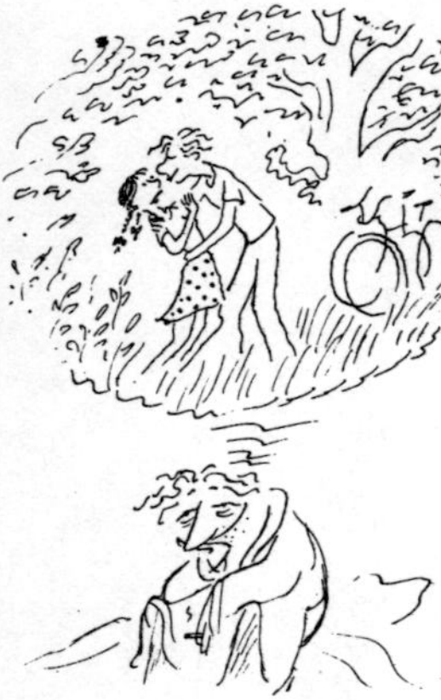

....

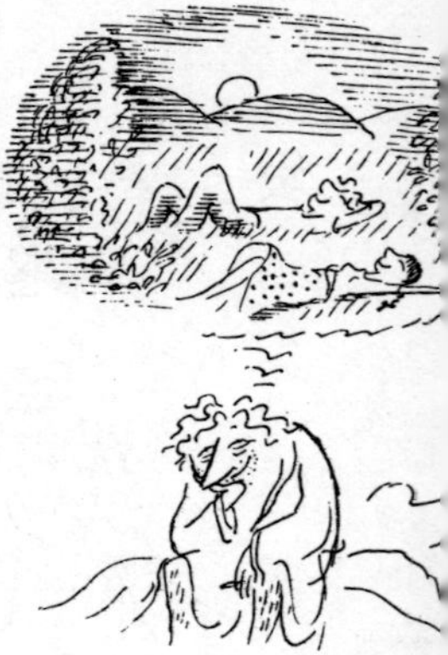

....

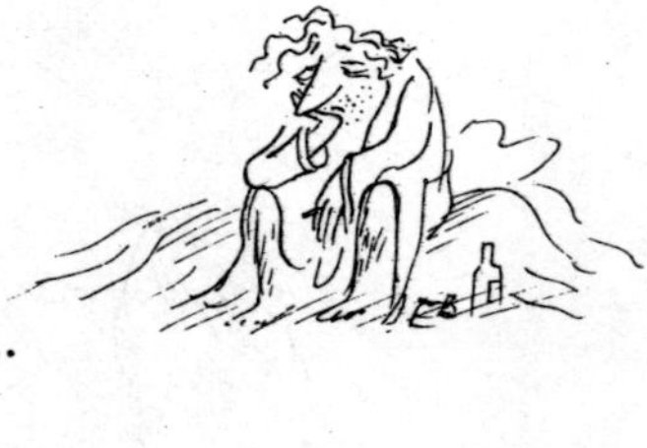

....

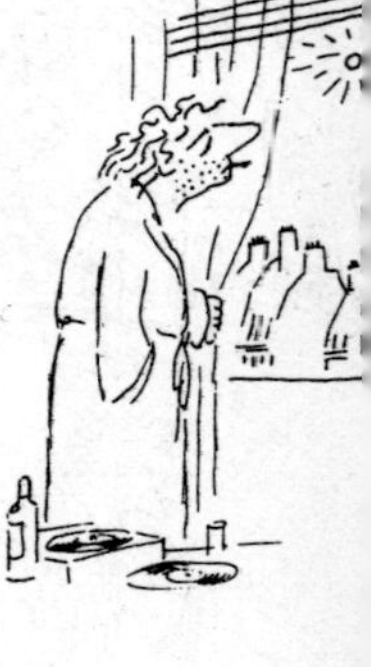

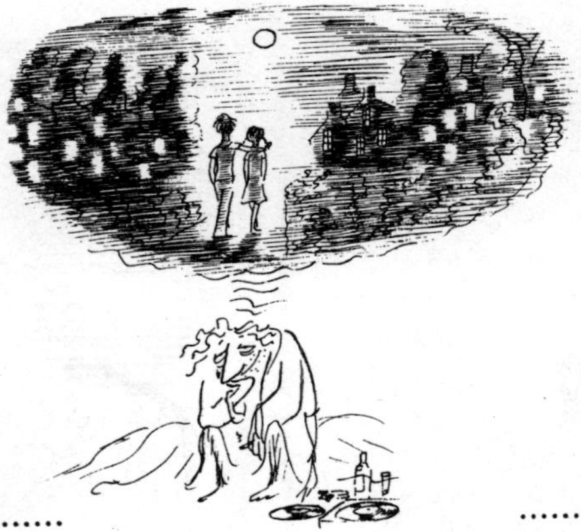

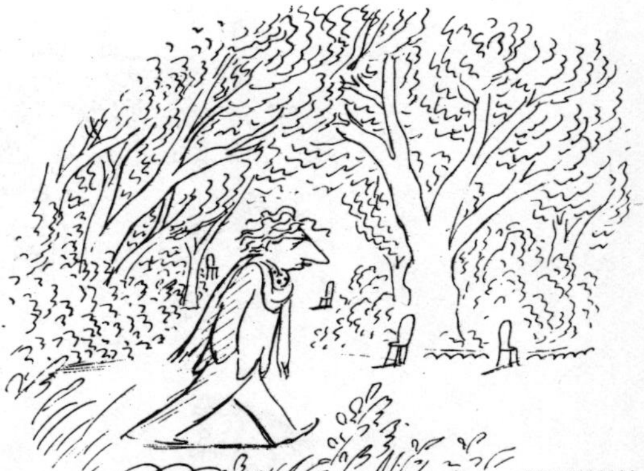

....

....

....

                         ....   →

RIMBAUD
VIVALDI
ROLLING STONES
SARTRE
BACH
TOM JONES
BRECHT
BRASSENS
RACINE
BUSTER KEATON
PERIODE BLEUE DE PICASSO
MARX BROTHERS

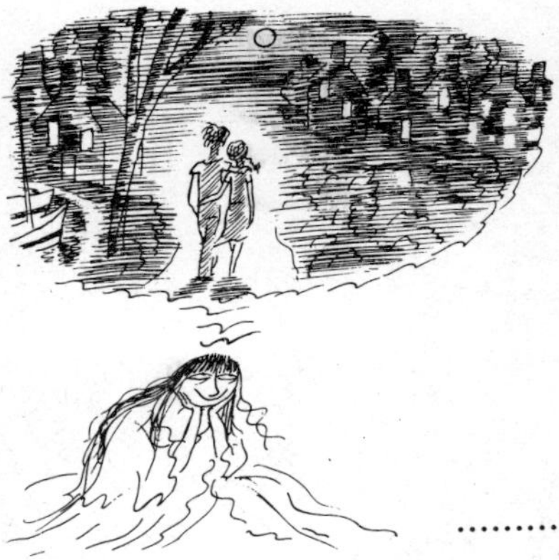

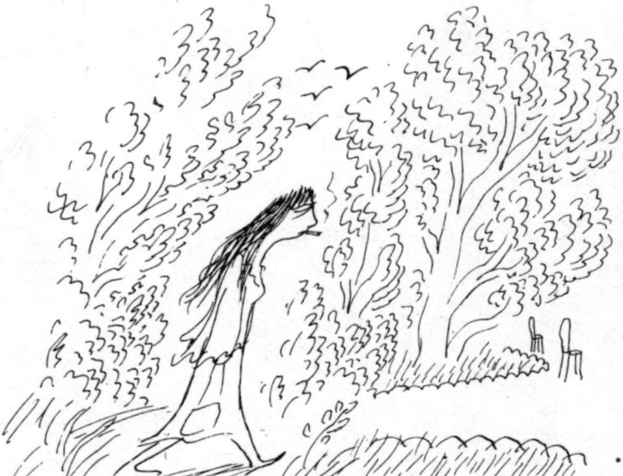

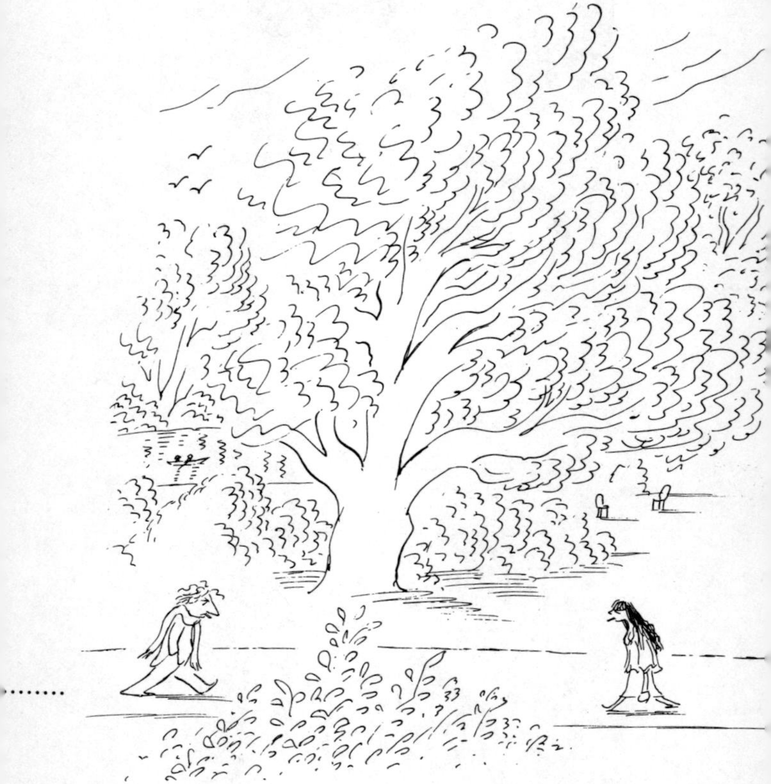

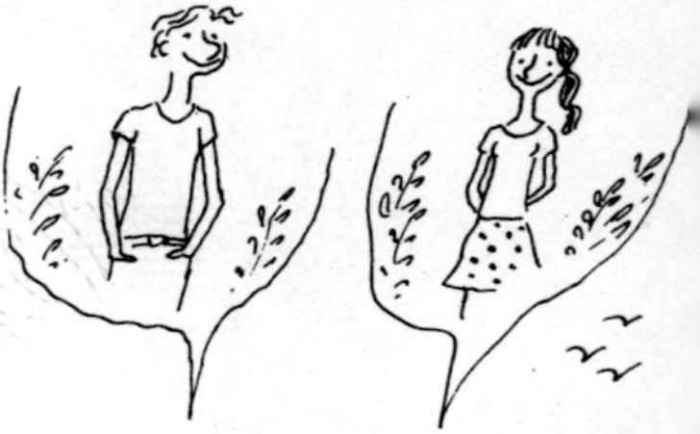

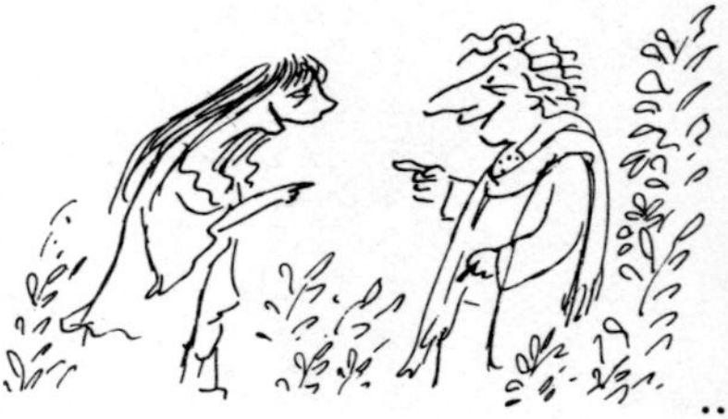

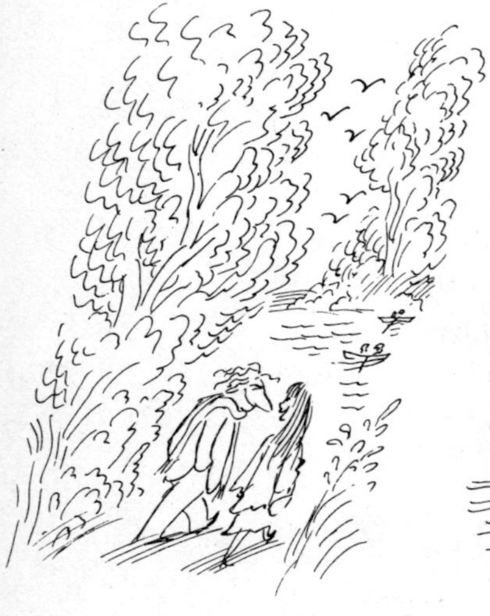

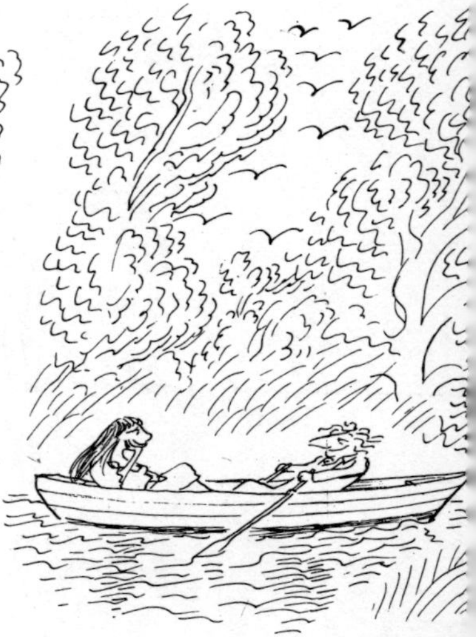

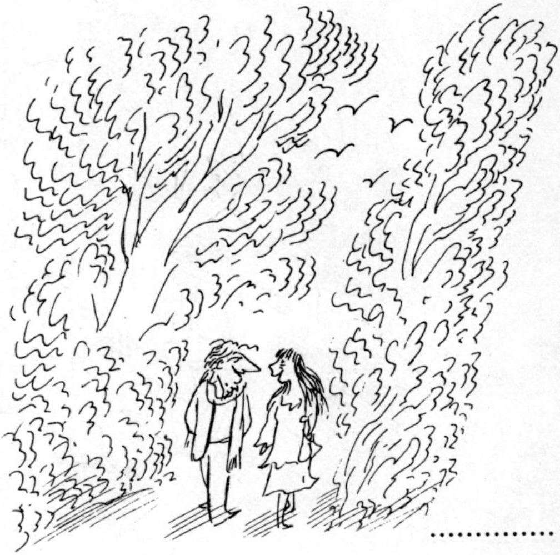

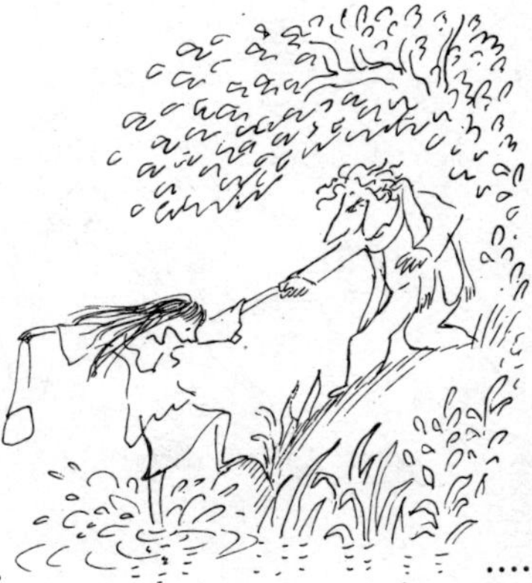

....

....

BEJARD
EMILE AJAR
FREUD
L'OPÉRA LACAN
REICH
HYPER RÉALISME
LA POLLUTION

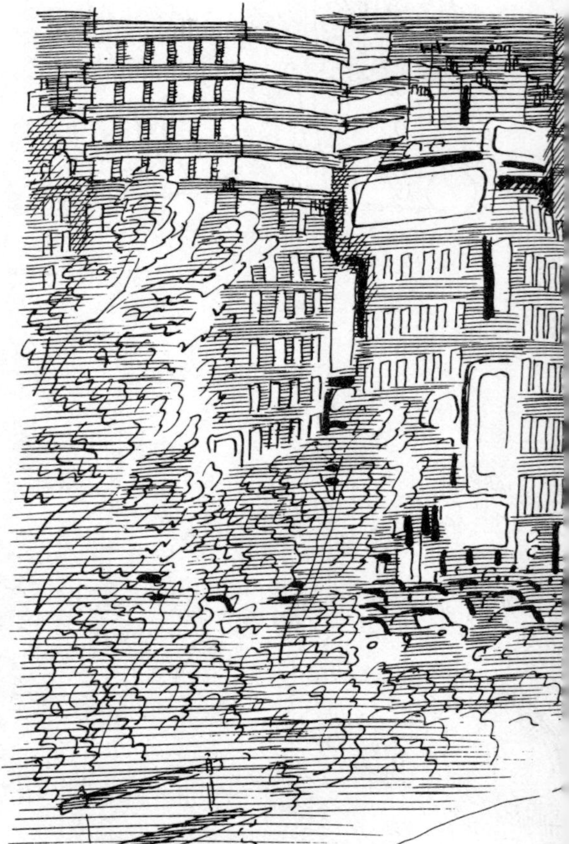

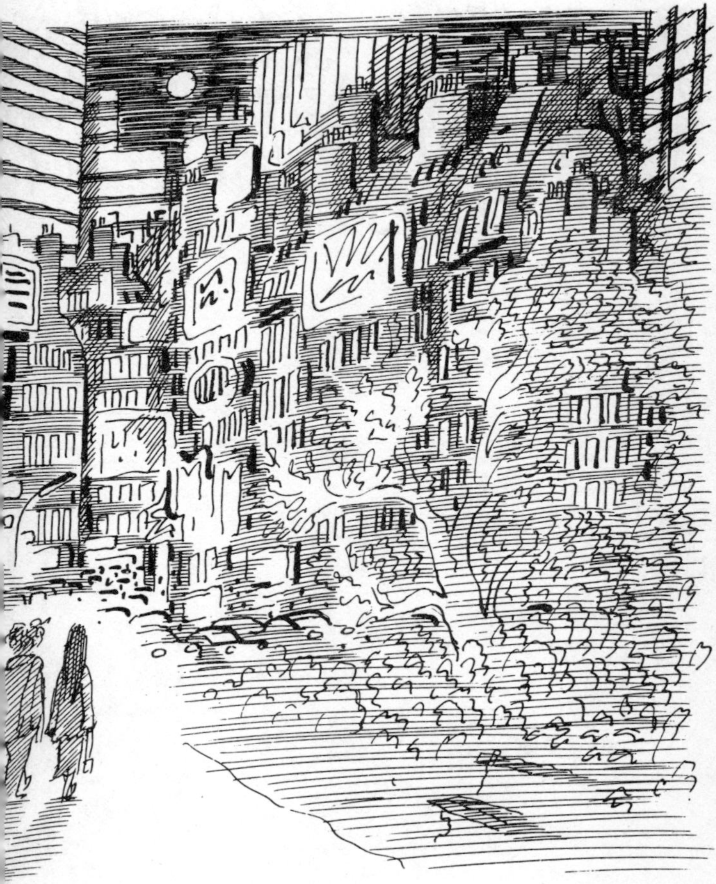

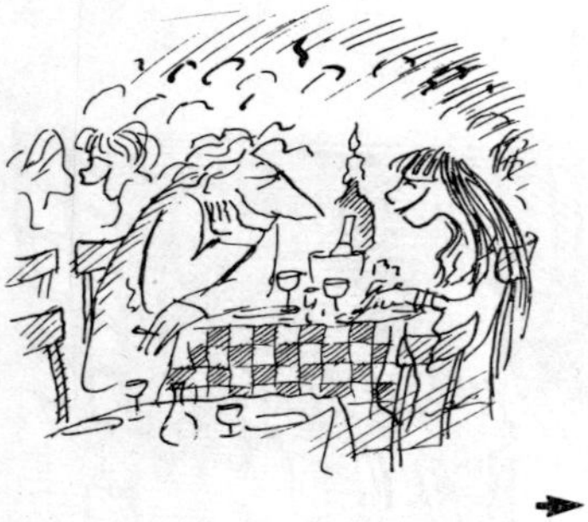

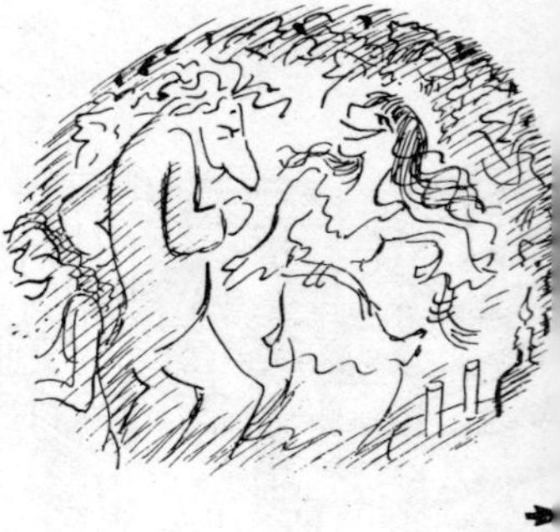

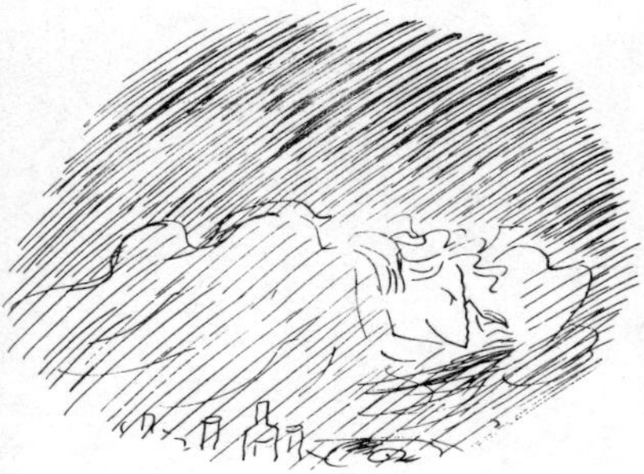

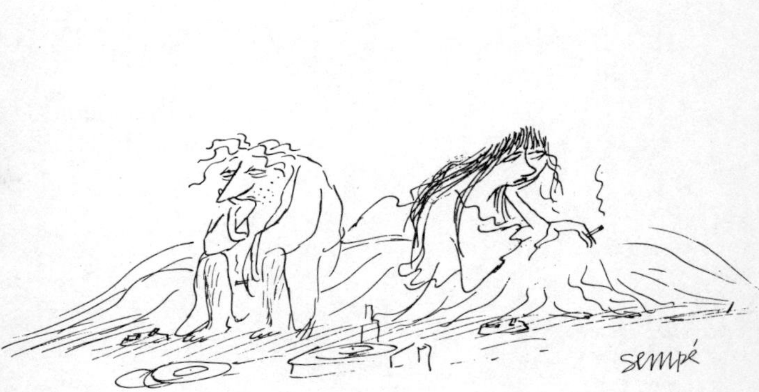
sempé

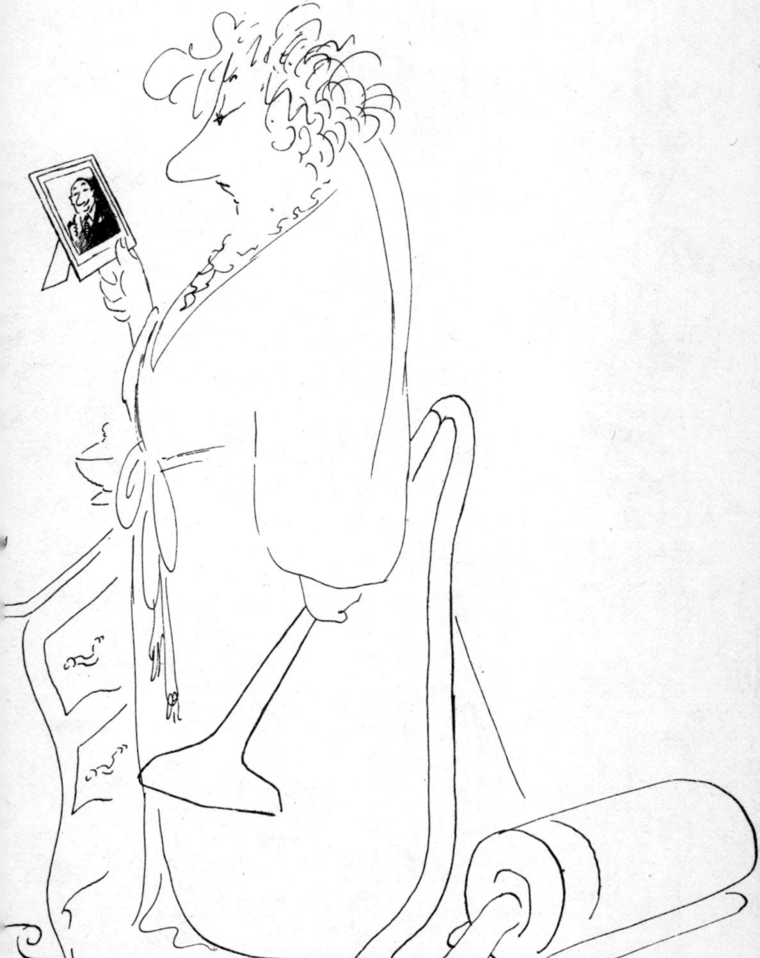

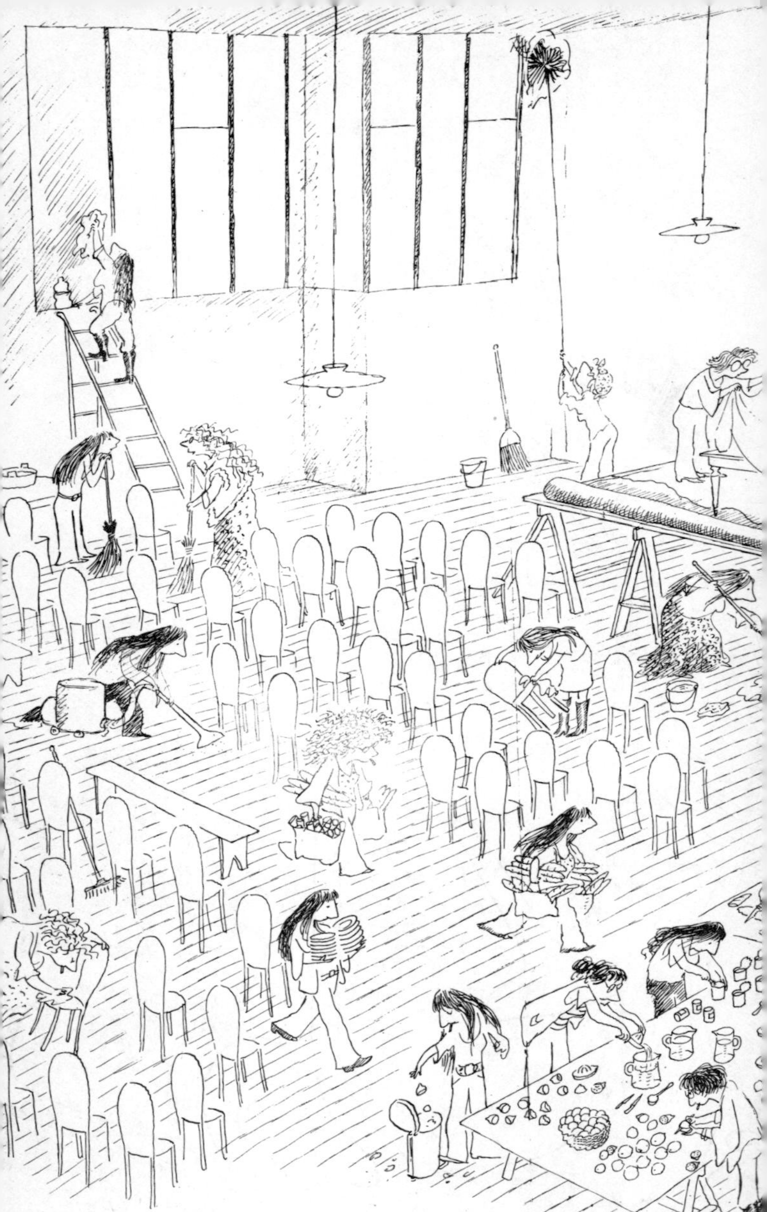

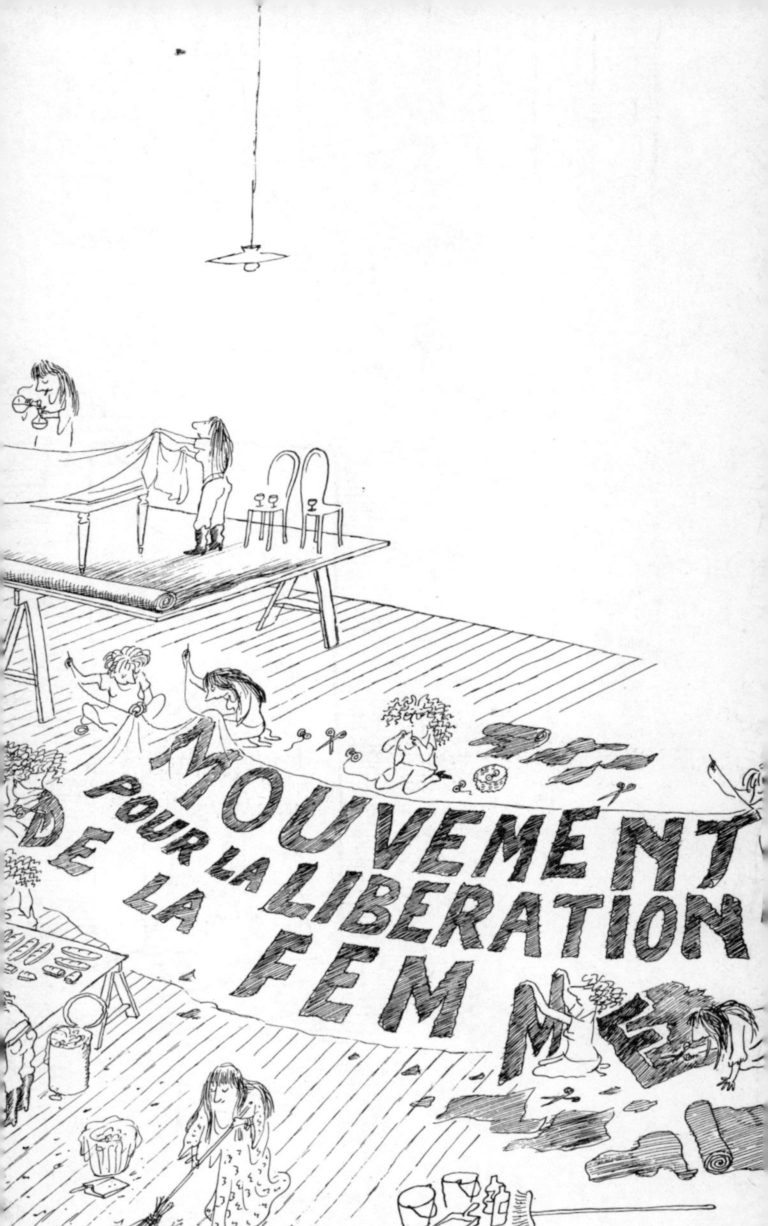
MOUVEMENT
POUR LA LIBERATION
DE LA
FEMME

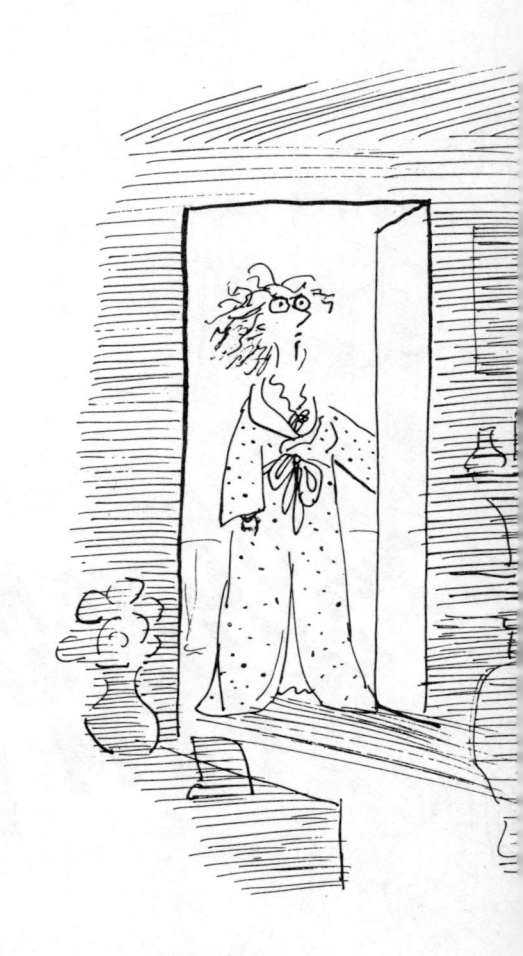

— *Je t'en supplie, Marie-Hélène, ne lègue jamais tes yeux!...*

— Il ne s'agit pas de savoir ce qui te *convient* ou ce qui me *convient*,
il s'agit de réussir notre couple.

— *Il faudra que vous vous fassiez à cette idée que je n'aurai été qu'un météore dans votre vie, Irène...*

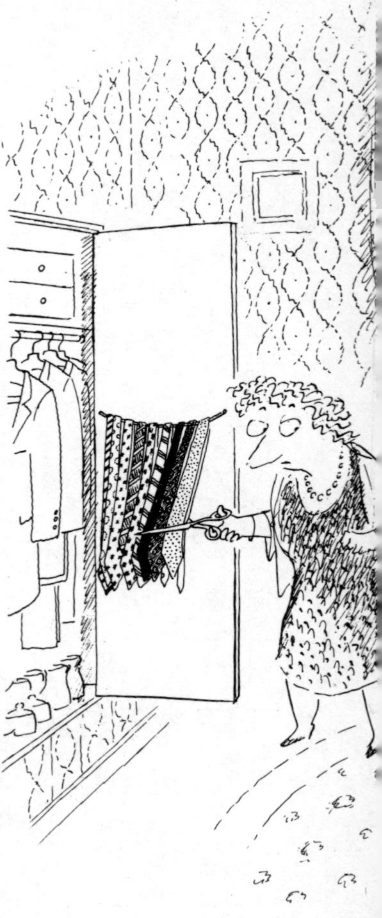

– **Oui !**

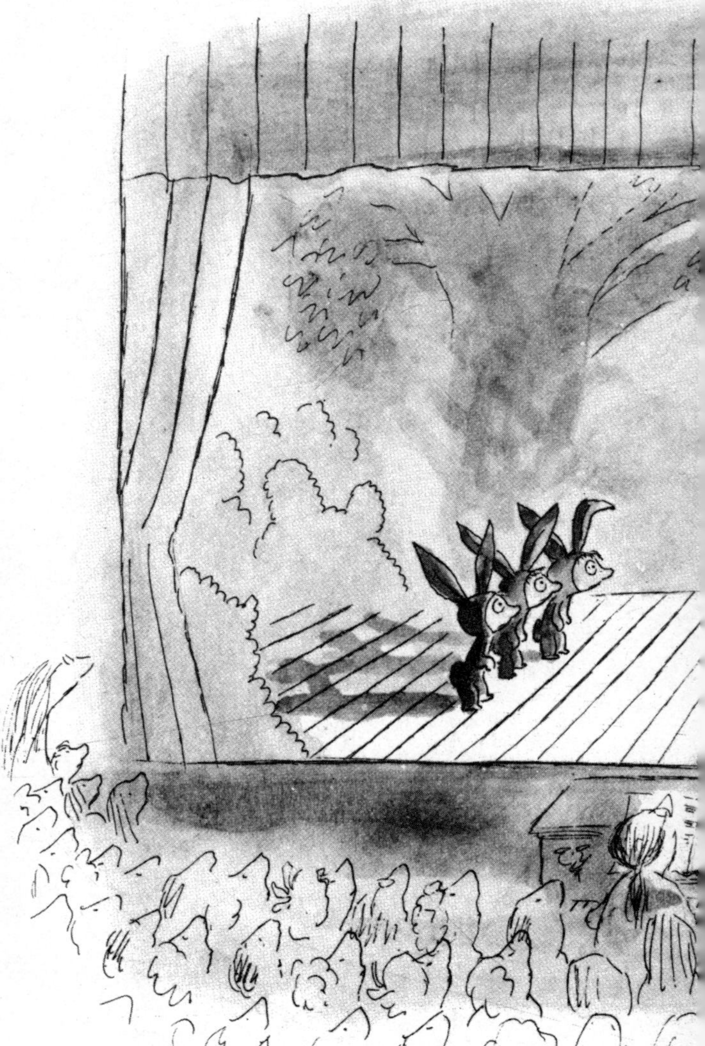

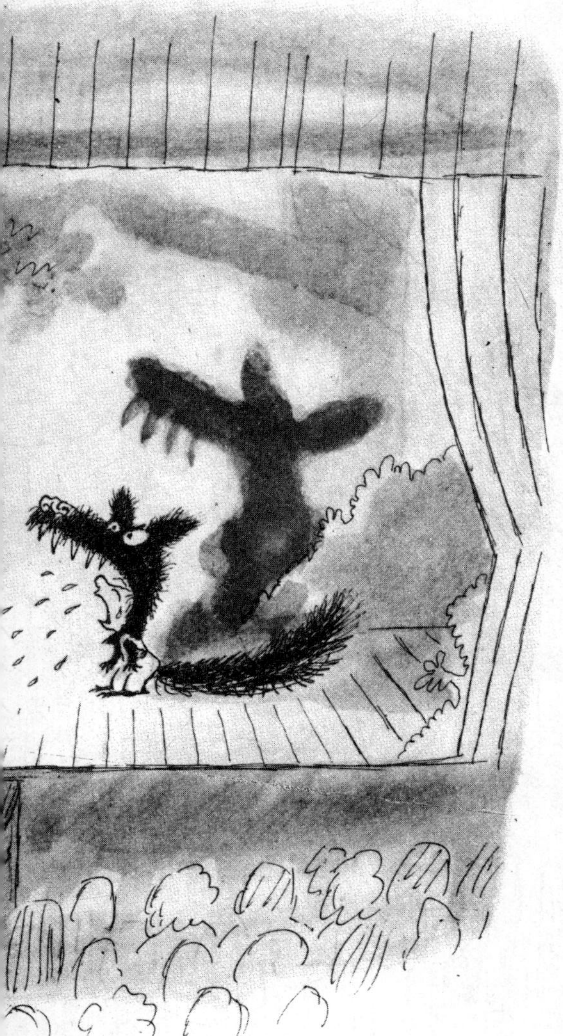

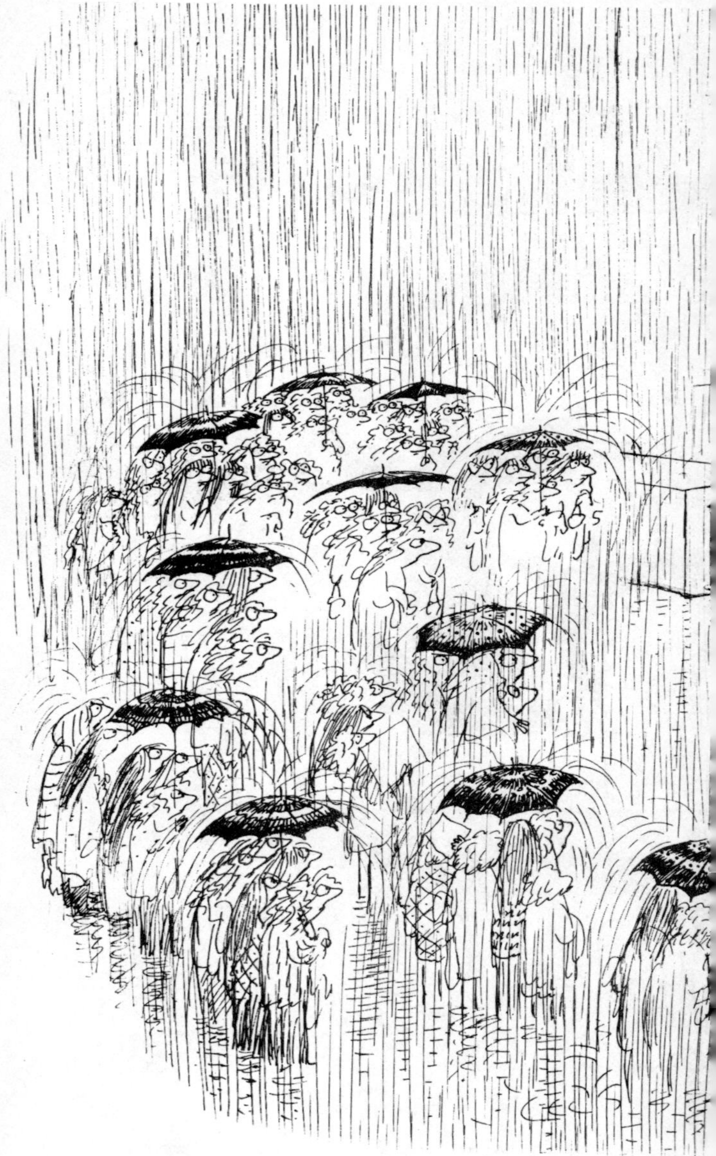

— *Alors, je leur ai dit : « Puisque vous vous croyez malins, vous resterez une demi-heure de plus en classe. »*

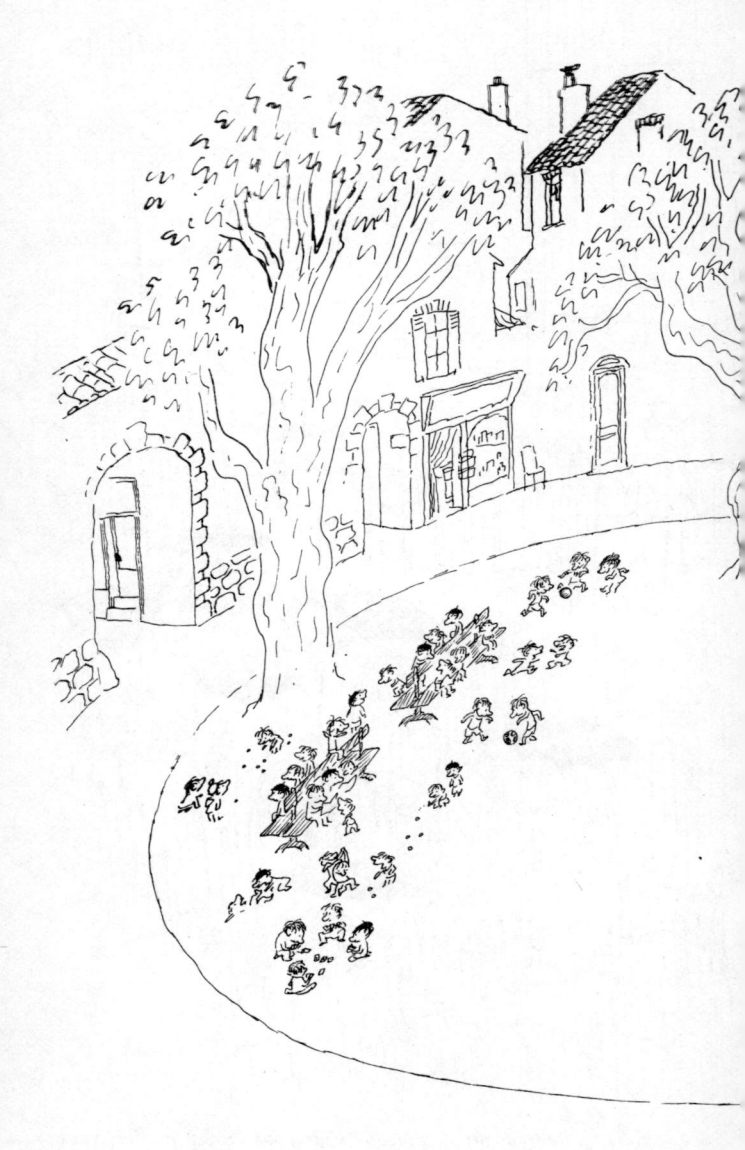

1

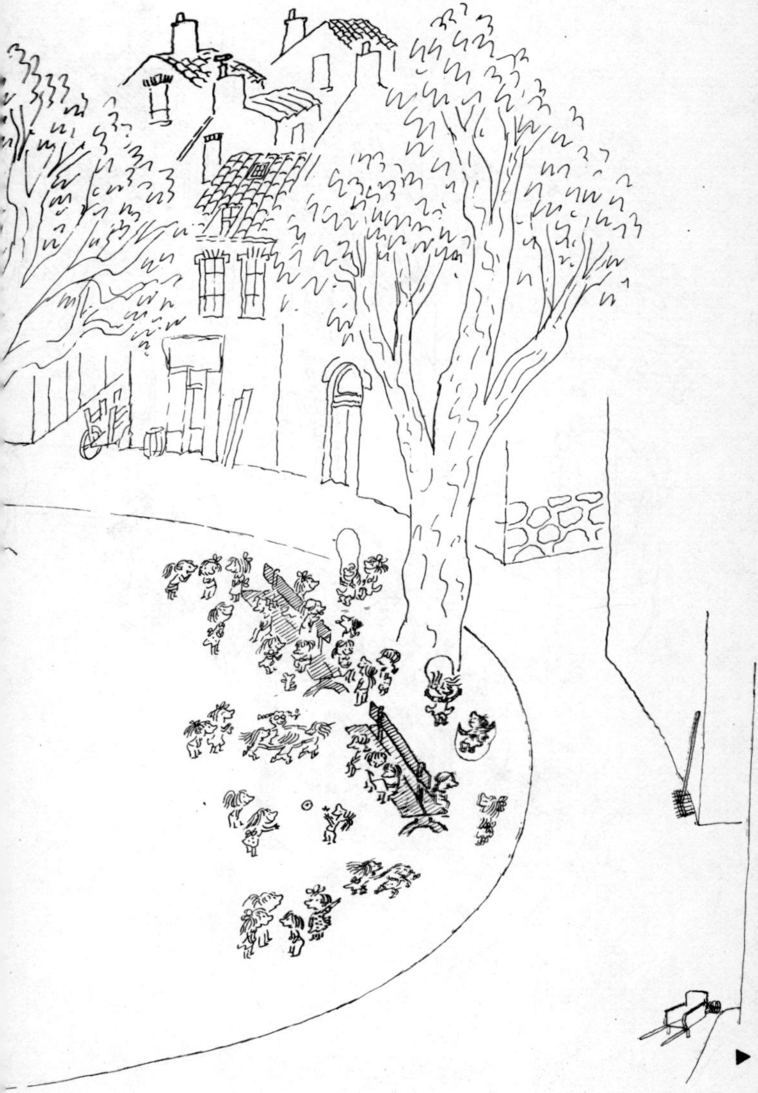

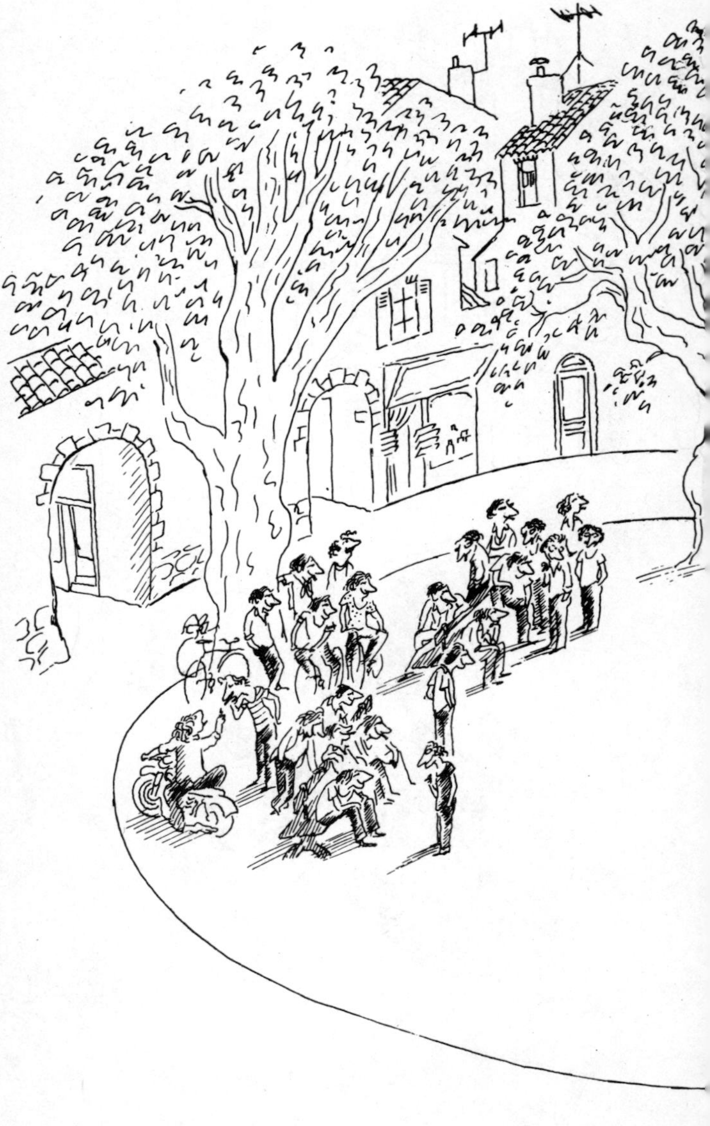

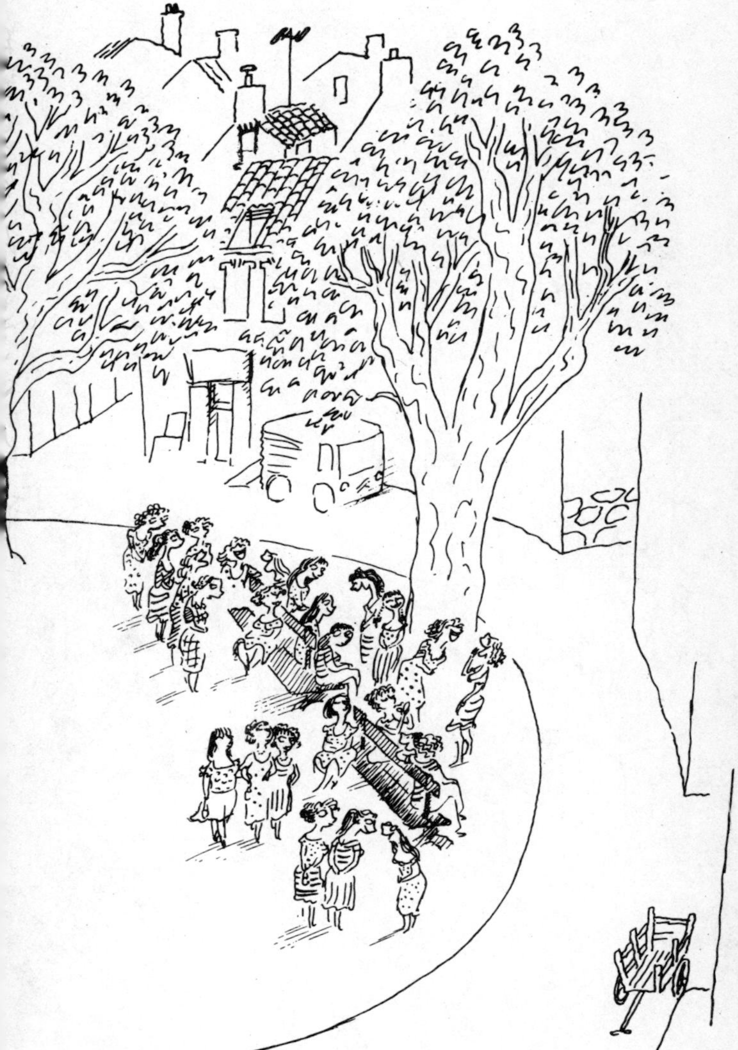

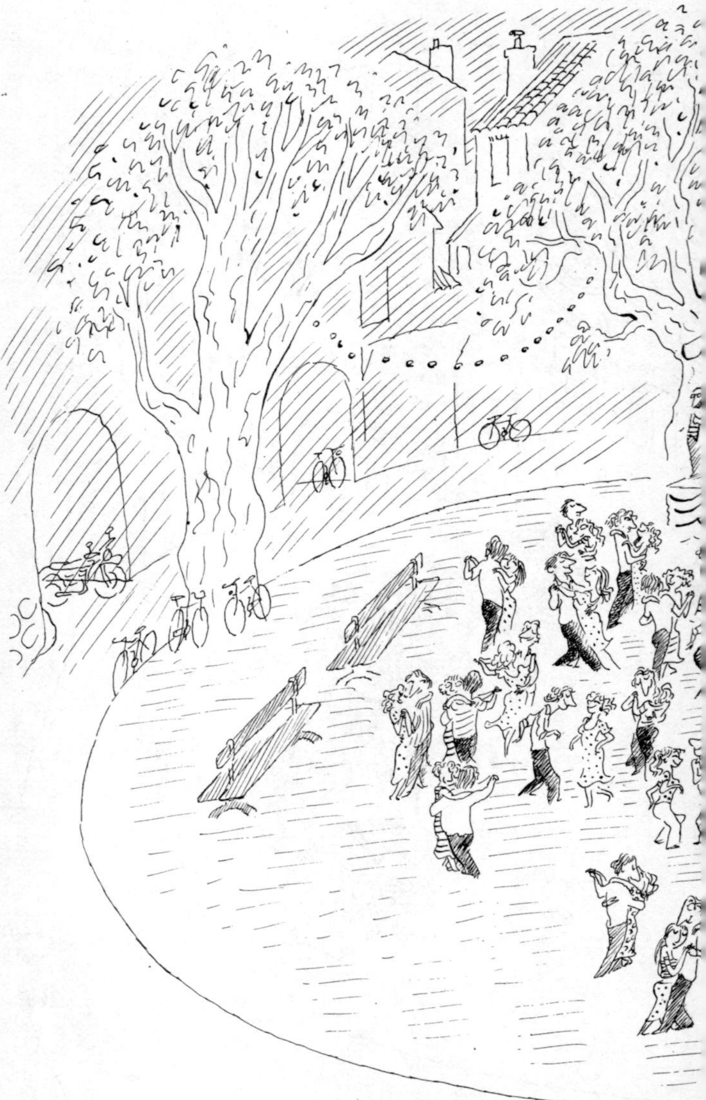

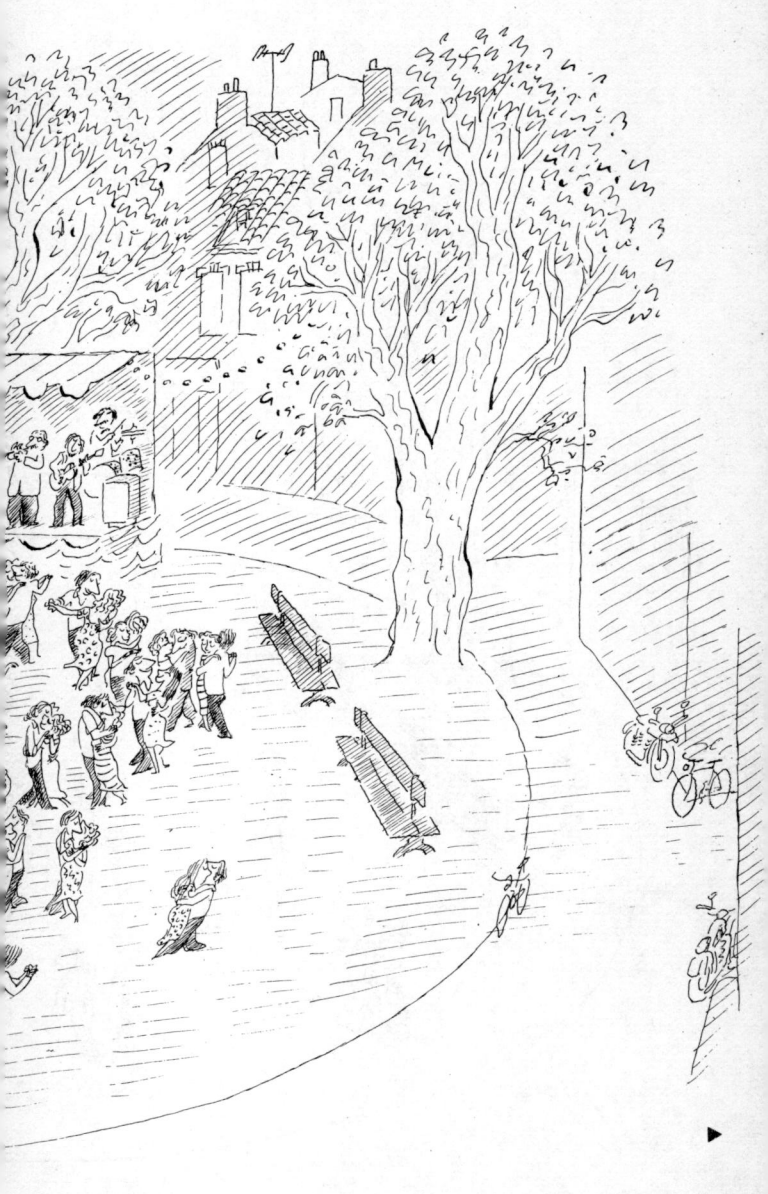

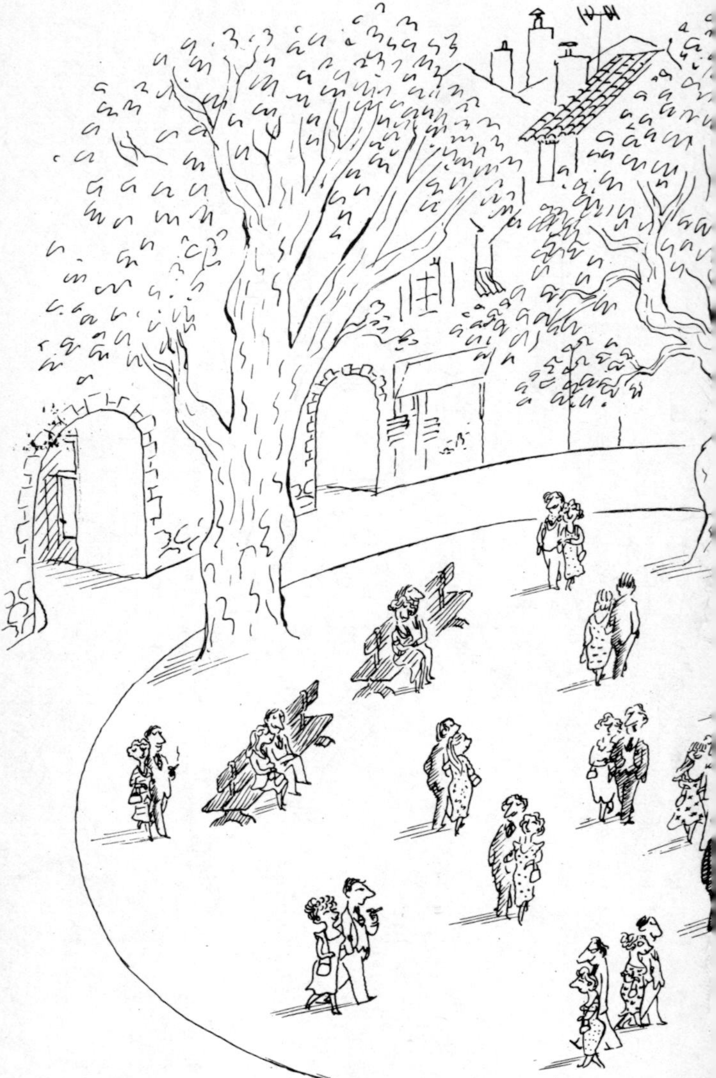

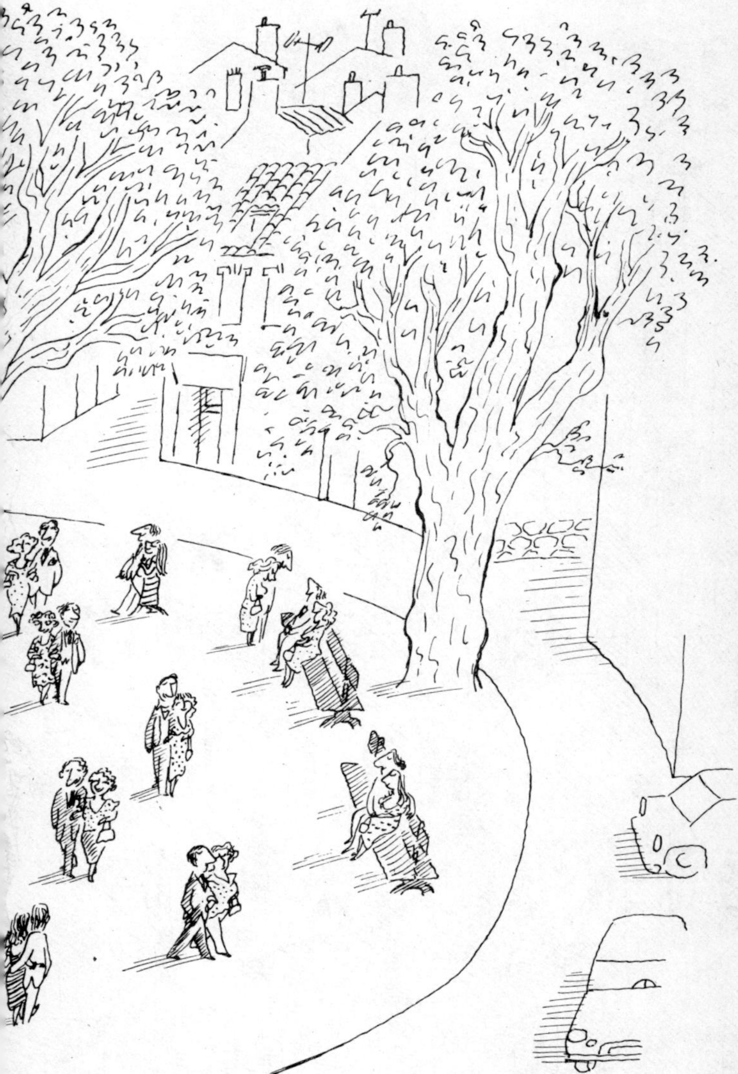

▶

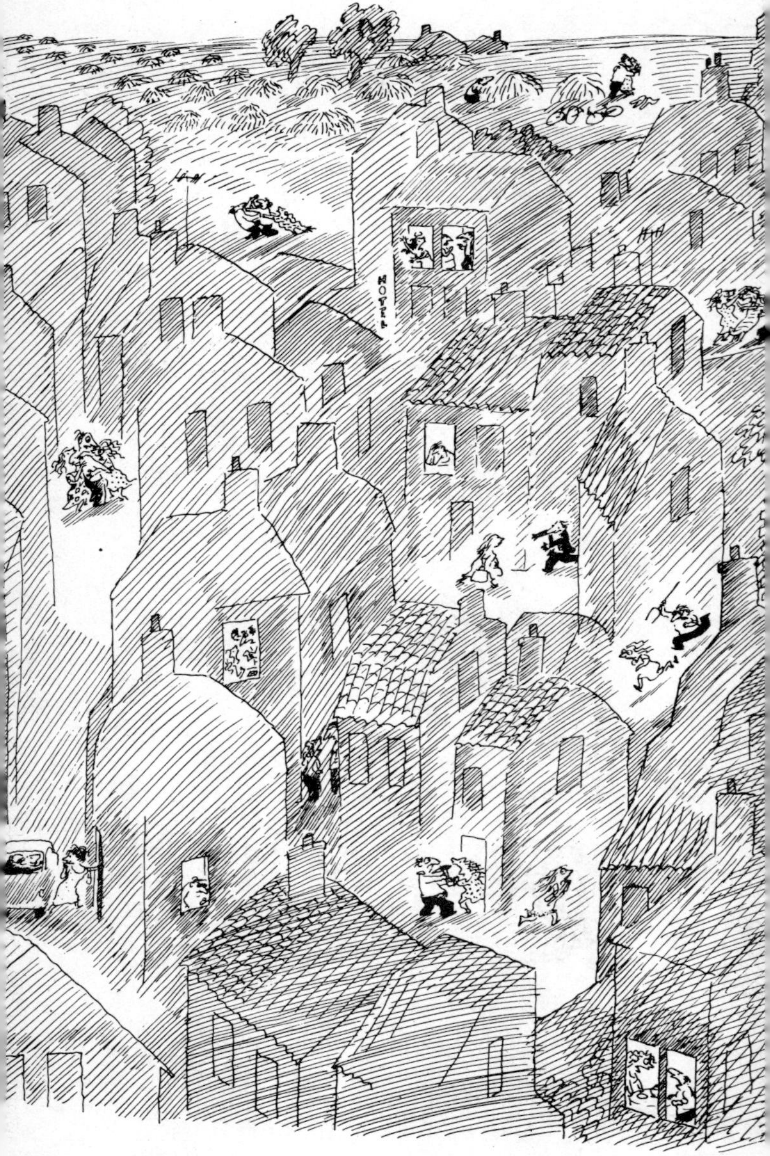
HOTEL

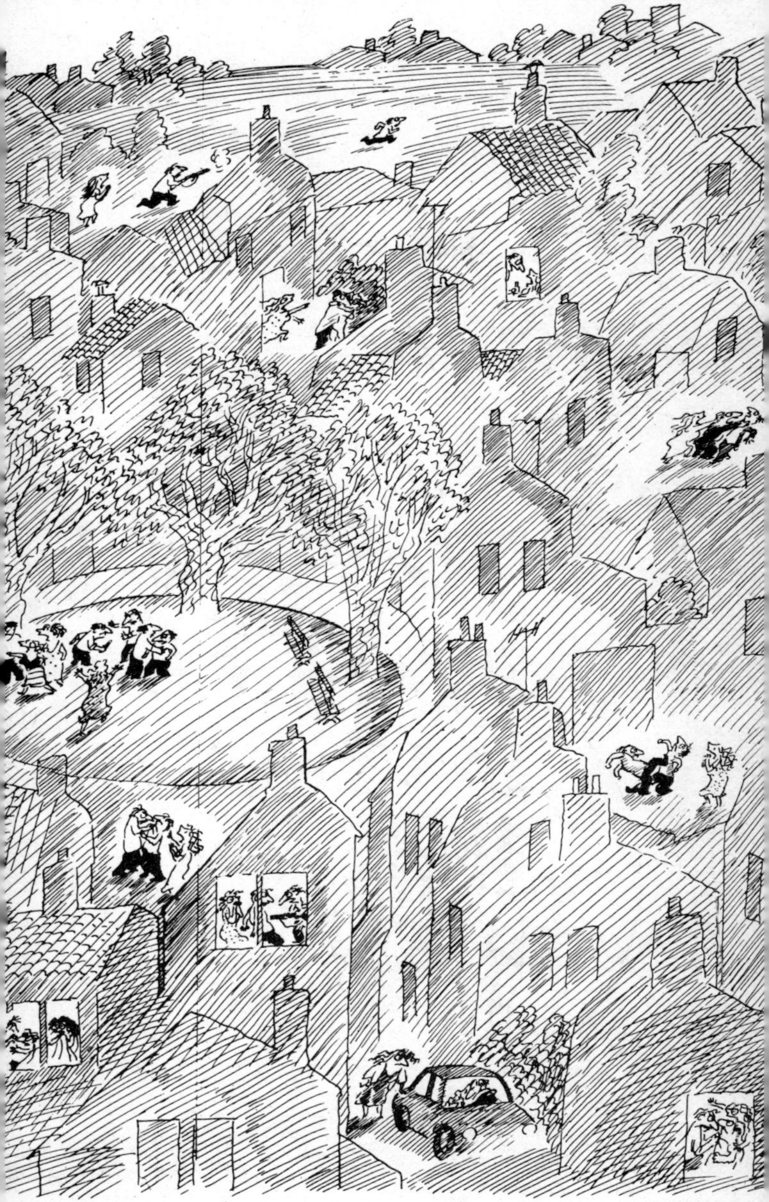

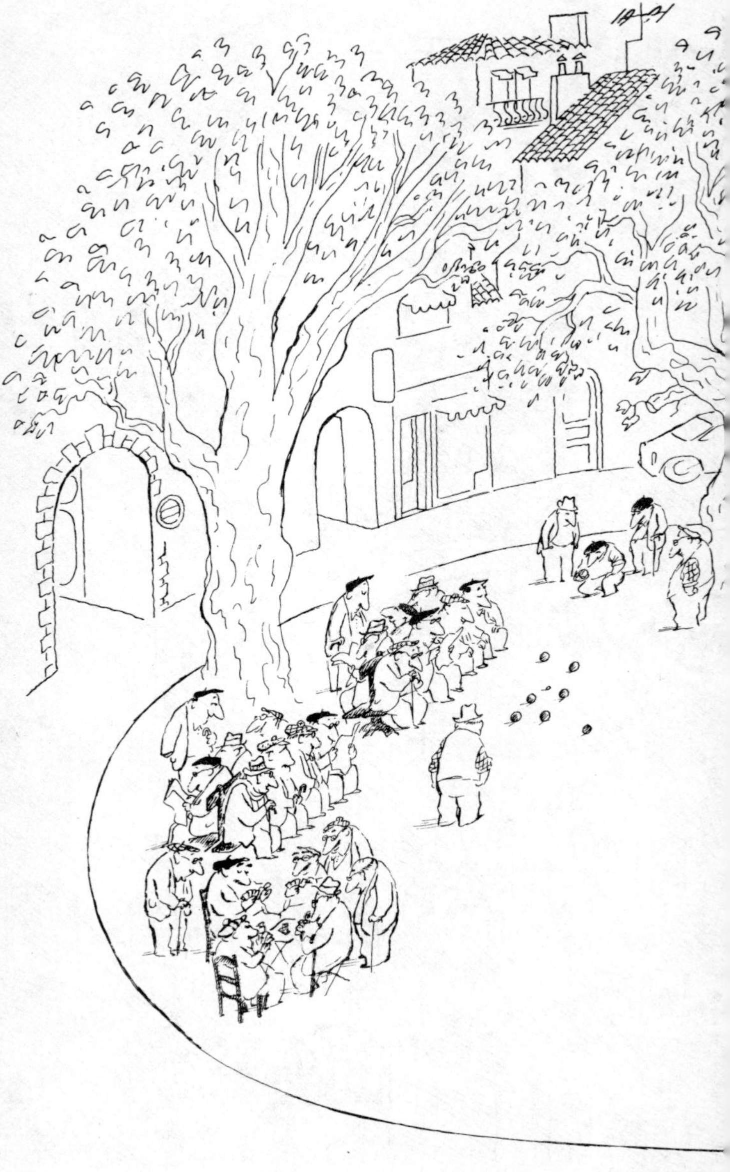

93

— J'aurais aimé être normal et avoir du génie.

...et, je sens que le moment est enfin venu d'attirer le tourisme dans notre région en utilisant nos ressources naturelles qui sont : notre absence totale d'organisation, notre réelle inefficacité et notre profonde apathie.

TOMBOLA
1er PRIX
UN FUSIL
2me PRIX
DOUZE
PALOMBES

VENTE

— *Je suis un homme multidimensionnel étriqué.*

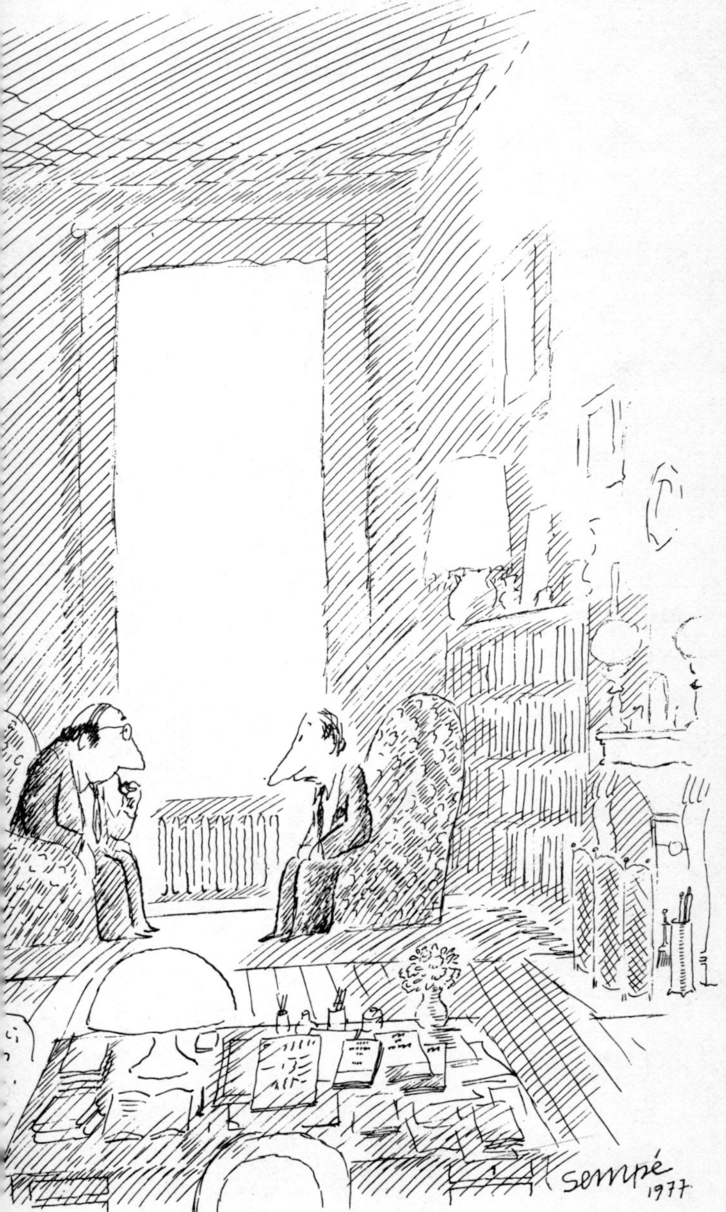
Sempé
1977

DU MÊME AUTEUR

Aux Éditions Denoël

RIEN N'EST SIMPLE, *1962*
TOUT SE COMPLIQUE, *1963*
SAUVE QUI PEUT, *1964*
MONSIEUR LAMBERT, *1965*
LA GRANDE PANIQUE, *1966*
SAINT-TROPEZ, *1968*
INFORMATION-CONSOMMATION, *1968*
MARCELLIN CAILLOU, *1969*
DES HAUTS ET DES BAS, *1970*
FACE À FACE, *1972*
BONJOUR, BONSOIR, *1974*
L'ASCENSION SOCIALE DE MONSIEUR LAMBERT, *1975*
SIMPLE QUESTION D'ÉQUILIBRE, *1977*
UN LÉGER DÉCALAGE, *1977*
LES MUSICIENS, *1979*
COMME PAR HASARD, *1981*
DE BON MATIN, *1983*
VAGUEMENT COMPÉTITIF, *1985*
LUXE, CALME ET VOLUPTÉ, *1987*

*Cet ouvrage a été reproduit
et achevé d'imprimer par l'Imprimerie Floch
à Mayenne le 6 octobre 1988.
Dépôt légal : octobre 1988.
Numéro d'imprimeur : 27137.*

ISBN 2-07-038081-5 / Imprimé en France.
Précédemment publié aux Éditions Denoël.
ISBN 2-207-22386-8.

44823